逸兴遄飞

许守尧 著

海峡出版发行集团 | 海峡文艺出版社

图书在版编目(CIP)数据

逸兴遄飞/许守尧著．－福州：海峡文艺出版社，2023.6
ISBN 978-7-5550-3345-5

Ⅰ.①逸… Ⅱ.①许… Ⅲ.①诗词－作品集－中国－当代 Ⅳ.①I227

中国国家版本馆 CIP 数据核字(2023)第 087074 号

逸兴遄飞

许守尧 著

出 版 人	林　滨
责任编辑	蓝铃松
出版发行	海峡文艺出版社
经　　销	福建新华发行(集团)有限责任公司
社　　址	福州市东水路 76 号 14 层
发 行 部	0591—87536797
印　　刷	福州力人彩印有限公司
厂　　址	福州市晋安区新店镇健康村西庄 580 号 9 栋
开　　本	700 毫米×1000 毫米　1/16
字　　数	100 千字
印　　张	16.5
版　　次	2023 年 6 月第 1 版
印　　次	2023 年 6 月第 1 次印刷
书　　号	ISBN 978-7-5550-3345-5
定　　价	68.00 元

如发现印装质量问题,请寄承印厂调换

序
林志强

守尧兄于2015年出过一本诗集《俯仰之间》，不意数年之间，又有二百余首新诗结集出版，名曰《逸兴遄飞》，甚为可喜。古人云，"文章合为时而著，歌诗合为事而作"，然有"时"有"事"，若无遄飞之逸兴，则文不精彩，诗无可观。守尧阅历丰富，诗情勃发，遇"时"遇"事"，发而为诗，可观者多矣，今结集以面世，宜哉善哉！

守尧以山水为知音，则本省之武夷山、太姥山、鼓岭、屏山、闽江、西湖、古田溪、翠屏湖，外省之梵净山、北固山、泰山、阳明洞、杭州西湖、扬州瘦西湖以及各地著名建筑和人文景观，凡所游历，心有所感，皆可入诗。他又对花草情有独钟,荷花、桃花、梅兰竹菊,都有吟咏;爱花成癖,藉花抒发感情,寻求寄托,自是风流。其《畅怀寄语》部分,则以传统节日、日常活动、古代名人等为主题,阐发人生感悟。而在《诗心互映》中,友朋唱和,尤见深情。《抗疫风雨》满怀忧愁,《家国情怀》不忘初心。本集的最后部分,还收录了十余首词作。凡此种种,皆为"时"为"事",言之有物,又言之有情,视为诗史,亦无不可也。

余观其作,言辞清新,诗意芬芳。诗人情系家国,守初心,尽职责,"远途不忘来时路","不忘初心报党恩",追远感恩,发自肺腑。"喧闹思忧患,安宁有虑愁,如今勤国事,未雨早绸缪","人生在世何为重,造福黎民树品行",居安思危,以造福社会为己任,精诚恳切。对于国家进步和民族复兴,诗人热烈抒发欣喜之情,"三军浩荡谁能敌,我为中华热泪滴","文景康乾何足道,复兴伟业领风骚",欢歌盛世,豪情满怀。他关注时事,又能体察入微。抗疫期间,诗人心牵武汉,情注宜昌,居家怀远,"疫情轻重挂心头",而病毒清零,则欣喜若狂,书写《抗疫赞歌》:"春风浩荡乾坤定,盛世长歌今日骄。"在宏大叙事的背后,诗人又有着独特的感悟,盖因年岁日长,而思考日深也。《感悟》篇云:"花甲不知已近临,心犹豪迈忘光阴。春花秋月眼前过,腹有诗书贯古今。"《知足》篇云:"人生可贵在知足,各涉长河数十年。恋位贪权因欲壑,识时放下是明贤。"《杂感》篇云:"世事纷纷易纠缠,干戈玉帛两重天。心无芥蒂无忧患,腹有诗书有圣贤。"其追求诗书圣贤的思想,其实早已根深蒂固。我与守尧同村同学,虽地处偏远,但传统的耕读思想还是非常浓厚,潜移默化,自不待言。诗集中有不少篇章是对家乡山水、古厝祠堂和风土人情的描写,细腻生动,寄慨遥深,浸透着对诗书圣贤的尊崇之情,"耕田耘地传家训,种学绩文垂世篇",我作为同乡人,备感亲切。

以诗书自娱，与天真共处，乃是最为诗意的人生。其《山居》篇云："居幽不掩门，来鸟共天真。野旷花生蕊，山深松落针。"《独坐》篇云："星稀空碧夜苍茫，心定神闲望远方。明月移墙留影短，梧桐滴雨数更长。"皆清幽典雅，臻于妙境。诗集中还有不少神来之笔，如写喝茶，"壶煮清风芳草味，杯邀明月故人心"，得其清雅；写山水，"高山垂挂千秋画，流水聆听万籁声"，得其自然；写泰山，"独尊五岳踞天地，山壑绵延如细涛"，得其崇高；写梵净山，"不知金顶有何物，月在怀中云在肩"，得其飘逸；写新荷，"水光如镜照清影，根在淤泥心在天"，得其高洁；写秋菊，"群芳占尽三春韵，我爱金风爱晓霜"，得其傲骨；写送别，"窗前纵有景千般，只见得，云分月缺"，得其婉约。类此者皆清新可喜，自然天成，令人读而爱之，沉潜其中，自有读诗之乐。

　　守尧写小说，写散文，写报告文学，皆有成就，其政论文章立意高远，观点鲜明，颇受关注。

借着语言文字驾驭能力,切换各种文体,游刃有余,提升思想高度和人生品位,是他的长处。他以行政繁忙之身,而不忘秉笔徜徉于语言文字的诗情画意之间,难能可贵。余曾赞之曰:"石壁山村一少年,听风赏雨画云烟。岂甘蛙叫闻三里,欲学鹏飞上九天。论政雄雄思社稷,歌诗款款念婵娟。西流河水归东海,破阻冲关势必然。"以今观之,其人如诗,诗如其人。余又曾跋其《俯仰之间》云:"才思敏捷之守尧,亦不乏奔放不羁之内心,唯其如此,故有诗语翩跹之妙境。"此奔放不羁之心,纯粹无邪之心也,诗人赤子之心也,乃难得之真性情,愿守尧兄永宝之。

2023 年 3 月 1 日

(作者系福建师范大学二级教授、博士生导师)

目录

第一辑　山水知音

3　武夷放歌
7　重游武夷九曲
8　武夷精舍
9　武夷水庄听琴
10　又见武夷山
11　武夷宋代古窑
12　安溪桃舟茶乡
13　鼓山顶避暑

14　鼓岭牛头寨

15　雾满鼓岭

16　闽江夜钓

17　福州镇海楼

18　福州西湖宛在堂（二首）

19　于山郁达夫纪念馆

20　谒林文忠公祠

21　福州屏山

22　福州华林寺

23　福州高峰书院

24　林阳禅寺

25　晋江五店市

26　太姥山夫妻峰

27　南靖云水谣

28　晋江草庵

29　建阳考亭书院

30　平潭石头厝（二首）

31　古田翠屏湖

32　古田极乐寺

33　古田溪水电站

34　古田临水宫

35　古田金翼之家

36　古田溪

37　连家船

38　罗源陈太尉宫

39　风雅珠洋

41　珠洋石壁头

42　古厝重光

43　珠洋看戏

44　千年珠浦

45　戏剧下乡

46　夜游九龙潭

47　杭州西湖春早

48　镇江北固山

49　木兰围场

50　贵州阳明洞（二首）

51　蜀南竹海

52　蜀南五粮春竹楼

53　蜀南竹海仙寓洞（二首）

54　相约乌镇

55　泰山

56　扬州瘦西湖

57　扬州何园（二首）

58　凤凰古城

59　边城

60　登梵净山金顶

61　梵净山

62　镇远古城（三首）

63　海边小筑

64　虚丘夜月

65　山居

66　高山崖居

第二辑　赏花悦目

69　福道踏青

70　西湖新荷

71　千亩荷田

72　荷花

73　湖边赏花

74　桃花盛开

75　桃花雅集

76　桃花语

77　不负春风

78　又见桃花

79　桃花胜会有感

80　桃花林

81　春日赏花

82　桂树花开

83　报春花

84　梅

85　兰

86　竹

87　菊

88　千古幽兰

89　咏柳

90　春动

91　石壁窨茶

第三辑　畅怀寄语

95　鸡年新春

96　题逸兴阁书房

97　元宵节

98　坐高铁从京回榕

99　车过武夷山

100　春雨

101　于山植树

102　七夕

103　另类七夕

104　七夕之夜

105　中秋闲吟（二首）

106　中秋思乡

107　重阳节

108　重阳登高

109　白露

110　春声

111　独坐

112　吟怀

113　追梦

114　随缘

115　春日

116　听琴

117　登山

118　杂感

119　项羽

120　刘备

121　李白

122　苏东坡

123　王安石

124　年羹尧

125　西施

126　貂蝉

127　王昭君

128　杨贵妃

129　薛涛（三首）

130　宋慈

131　又见京秋

132　古田横山祠堂

133　艺术之家

134　第四十四届世遗大会（二首）

135　诗词之家
　　　——为福建省诗词学会成立30周年而作

136　雨后步闽江畔

137　钓鱼（二首）

138　晚舟归来（二首）

139　平潭既留下民宿

140　浪花

141　人生

142　饮酒

143　拜年

144　感悟

145　自嘲

146　无题

147　聚会

148　平台

149　知足

150　四月

151　万安桥失火

152　观枯燥讲座

153　竹雕笔筒

第四辑　诗心互映

157　赠井冈山同学

158　题陆君访花

159　赠余兄

160　戏赠陈兄

161　赠张君

162　赠烽兄

163　赠林兄

164　赠高兄

165　赠 Rose

166　赠廖君赴京

167　访画友不遇

168　临行赠德良兄

169　过黄山思故人

170　首都机场访老友

171　赠 L 君赴新任

172　送 S 君赴新任

173　和林志强兄《双龙互勉》

175　次韵林志强《珠洋新貌》

177　和许立满兄《丹桂飘香》

179　赠友人

第五辑　抗疫风雨

183　庚子春节

184　抗击毒魔

185　庚子岁初鄂大疫

186　心牵武汉（二首）

187　情注宜昌（二首）

188　庚子春居家防疫

189　疫袭三坊七巷（二首）

190　欣闻病毒清零

191　再抗疫情

192　抗疫赞歌

193　癸卯毒消

第六辑　家国情怀

197　建党百年

198　观七十年国庆阅兵

199　上海"一大"会址

200　庆贺《党的生活》创刊 30 周年

201　不忘初心

　　　——福建省委党校学习有感

202　西柏坡

203　《求是》下党调研

204　《求是》雪中行

205　松毛岭之战

206　伯公凹

207　井冈山

208　茅坪八角楼

209　黄洋界

210　挑粮小道

第七辑　词意芬芳

213　沁园春·百年风华

215　千秋岁·赴下党乡

217　千秋岁·又见鸾峰桥

219　水龙吟·万里长城

221　永遇乐·镇江北固山

223　踏莎行·相约

224　小重山·古寨秋风

225　鹊桥仙·送别

226　桃源忆故人·春思

227　浪淘沙·寂寞闽江

228　临江仙·闽江秋

229　采桑子·登临江楼

230　如梦令·蜀南竹海

231　天净沙·心境

232　天净沙·古渡

233 破阵子
　　——为钟兆云先生传记创作三十年而作

234 附录　石壁头记
238 跋

第一辑

山水知音

武夷放歌

（一）

我爱武夷山

古今蔚壮观

水如青绿带

山似赤丹盘

彭祖遗双子

拓荒疏水湾

黎民得惠泽

功至世延绵

平乱勋爵伟

无诸得福缘

汉城显闽越

丹壁置悬棺

古俗从何起

悠悠难溯源

棹歌随九曲

细浪吻空滩

大王玉女拥天地

朱子丽娘成美谈

（二）

野径斜风竹

云窝接布岩

山花潜碧水

薄雾绕林间

细雨空谷闻鸟啭

奇峰深壑见幽兰

幔亭夜宴邀仙客

归隐桃源去复还

鹰展垂天翼

空高挂水帘

摩崖雕岁月

翠色润茶园

红袍母树显尊贵

贡品珍稀千载传

（三）

圣贤开讲坛

理学去篱藩

弟子勤传习

书声伴入眠

君不见窗外风雨声声急

神闲心定六经翻

君不见世事纷扰层层叠

花香岩韵气安恬

（四）
愿作武夷茶品士
草寮明月火新添
水仙肉桂不同韵
杯盏酽香主客欢

愿作武夷垂钓叟
横竿碧水任时迁
晨风夕露浑无觉
静坐溪边看翠岚

愿作武夷豪饮客
半矜半醉半痴癫
且歌且驻无烦事
笑看坛峰成酒仙

愿作武夷闲学子
寻师问道谒先贤
吟哦山水无昏旦
头枕清风梦月潭

重游武夷九曲

重游九曲见初阳
再阅风华心畅堂
水转筏回殊景象
峰奇壑险异风光
排工喜作俚人语
故友欢谈书卷腔
玉女大王千古恋
山川为证月为觞

武夷精舍

理学开宗精舍先
求师问道品为尊
精诚致远传文脉
幽壑奇峰聚圣贤

武夷水庄听琴

雅榭闻琴响
庭前落桂花
丹山秋色远
碧水律音葩

又见武夷山

五年成一梦
笔底走龙蛇
玉女殷殷意
大王款款呵
茶香清肺腑
文脉壮山河
相见不相问
春风润细禾

武夷宋代古窑

藏在青山望碧空

建窑点火映长龙

红袍黑釉宋风盛

一盏清茗邀古松

安溪桃舟茶乡

福地寻游忙问津

晋江源溯探云林

晨岚润染初芽翠

宿雨滋濡老树新

壶煮清风芳草味

杯邀明月故人心

有缘情结深山里

酒韵茗香论古今

鼓山顶避暑

城里热难熬
秋来暑未消
田苗何艳艳
林木且焦焦
庭阔清风畅
山高明月姣
涌泉名寺里
暮鼓为谁敲

鼓岭牛头寨

（一）

古寨苍苍秋意浓
如闻阵阵炮声隆
当年御敌戚家将
战马如风月似弓

（二）

久闻鼓岭牛头寨
风雨飘零四百年
回想当初鏖战急
日光惨淡血成川

雾满鼓岭

天地浑蒙路沓茫
树林但见木头桩
同行好友无身影
忽有声音惊耳旁

闽江夜钓

江风秋色夜纷呈
又见渔翁垂钓灯
月渡云中光闪烁
舟犁水面浪欢腾

福州镇海楼

一楼镇海山
天地近相连
独揽明清月
兼翻唐宋篇
胸中存浩荡
笔底去讥诮
何处得豪迈
心安便自然

福州西湖宛在堂（二首）

一

月影初临宛在堂
湖光山色映回廊
明朝诗客今何在
留取遗风书卷香

二

五百年来风韵长
当年雅集已茫茫
因无名作可传世
紫燕空飞绕殿堂

于山郁达夫纪念馆

君慕戚公我慕君
文章气节亦同群
人生在世白驹过
家国情怀万古循

谒林文忠公祠

立志国家不避侵
枯荣毁誉系黎民
清风两袖古今范
明月一轮天地心

福州屏山

自古屏山毓秀灵
树高林谧鸟欢鸣
华林寺里听声雨
镇海楼前读典经
春日不知秋日近
灯光常伴月光明
文章不负众人望
一代风华一世情

福州华林寺

门前车影流星过
黛瓦红墙阅世迁
昔日师工何处在
房梁燕土已千年

福州高峰书院

宋风明韵流文脉

朱子生徒继大成

院落沉沉无处觅

空留残匾忆书声

林阳禅寺

青山环翠坐莲台
古刹千秋几盛衰
梵语禅声心映彻
清风拂过月光来

晋江五店市

红砖青石旧时楼

五店街区岁月流

游子归来思往事

一杯淡酒起乡愁

太姥山夫妻峰

相拥天地作奇观
阅尽人间千万般
多少山盟成幻影
长空皓月照悲欢

南靖云水谣

日暮金波映古桥
老榕石径踱逍遥
不堪回想当年事
一曲悲歌云水谣

晋江草庵

金秋正午日当头
树影蝉声水静流
善念存心神自在
菩提莲座泯恩仇

建阳考亭书院

朱子当年上讲坛
生徒云集水流欢
如今书院呈豪构
未见名贤只见山

平潭石头厝（二首）

一

日蚀风侵知变迁
经年累月见桑田
小街寂寂少人影
海浪声声去复还

二

几处街坡泊满车
四方游客竟如何
已闻喧沓乐民宿
何见石头会唱歌

古田翠屏湖

湖上烟波山上云
岛呈翡翠鹭飞群
千年古邑今何在
应向移民梦里寻

古田极乐寺

高僧大德古来稀

数届连赓更道奇

方外常怀家国事

千秋风骨一袈衣

古田溪水电站

开山凿壁建奇功
水泵机声响不同
电力能源添虎翼
翠屏湖水贯长虹

古田临水宫

唐崇宋敕世为神
祈雨禳灾不惜身
拯救黎民成大义
今逢盛世更怀仁

古田金翼之家

"吴门四犬"尽英才

金翼之家居上来

厚道从容皆学识

东方神庙见情怀

古田溪

溪水泱泱灌沃田
泽被后世上千年
渔歌帆影留心底
苇荡鸢翔在眼前
凿壁装机修电站
围湖筑坝舍家园
江流再远终归海
不负青山不负天

连家船

少睡摇篮长睡舡
星云晃荡透心寒
耕波耘浪讨生计
捉蟹捕鱼索饱餐
海水茫茫思片瓦
夜风疾疾盼碕湾
如今上岸安居日
一枕华年梦里酣

罗源陈太尉宫

藏在深山经岁月
宋梁明柱领风骚
文经武略立天地
皓月清风不自标

风雅珠洋

合浦还珠忆祖贤
狮峰架笔笔如椽
水连华月光铺地
山拱朝阳霞满天
家国情怀传万代
文章风骨越千年
晴耕雨读夜微醉
竹影松涛伴入眠

附：

和守尧兄《风雅珠洋》
余端照

元造山川蕴抱贤
狮峰石壁立荣椽
真珠群落春风地
俊士时行盛世天
莫道景观迟满载
已闻仁政早连年
毫端或染屠苏醉
和共婵娟好晏眠

珠洋石壁头

一山独峙众山低
八面来风朝圣仪
瑞气升腾纱帽石
祥云环绕紫官衣
竹林幽径通贤达
笔架奇峰树帅旗
人杰地灵时势至
水光月色总相宜

古厝重光

古厝重光壬寅年
春风化雨祖荫连
耕田耘地传家训
种学绩文垂世篇
胸有乾坤心有志
山藏气象水藏源
昔称墙里桂香馥
犹忆门前灯火田

珠洋看戏

千年礼乐岁悠悠
古韵新风复探求
背靠狮岩呈霸气
门逢笔架蕴名流
青山环绕开绚丽
碧水溇潺觅清幽
观众移行追腕角
舞台流动现伶优
林间亭阁花迷乱
村上堂祠鸟愧羞
丽影双双如燕尔
唱腔袅袅似莺啾
梨园弟子德才备
盛世民欢雅兴遒

千年珠浦

珠浦云开晓日新
千年文脉贯如今
纵然山水有灵气
立德修身自在勤

戏剧下乡

戏剧传承扬国粹
大咖名角聚齐来
谁言乡下乾坤小
胸有情怀有舞台

夜游九龙潭

游艇穿空险复平
凉风山影遂心情
花开幽谷香尤馥
月落深潭光更清

杭州西湖春早

独爱西湖春色鲜
早莺雏燕稚声甜
花开初蕊展新意
柳舞轻枝辞旧颜
岳庙巍巍昭日月
苏堤隐隐起云烟
黎民社稷千秋业
浩瀚波光映九天

镇江北固山

孤峰独峙大江边
岸阔潮平帆竞天
多少乡愁多少事
一同景象不同观

木兰围场

驰骋策马疾如电
犬吠鹰飞竞猎忙
雄主难及身后事
青青草色映斜阳

贵州阳明洞（二首）

一

翠柏森森五百年
风霜雨雪历艰难
龙场悟道通贤圣
水转山回有洞天

二

沐雨栖霞苗寨中
一生跌宕仍从容
良知所致开奇境
从此心学成大宗

蜀南竹海

夜宿河安所
秋声伴雨声
衣单着冷意
酒暖慰平生
谈笑论今古
品茗说纵横
深山云海处
难得喜相逢

蜀南五粮春竹楼

舟行夹岸竹深深

水映峰回现叠门

风过闻香知醉意

当垆正卖五粮春

蜀南竹海仙寓洞（二首）

一

红岩翠竹两相欹
凿壁成廊几度奇
此地长宜仙客住
雾深林谧鸟轻啼

二

居士壁题仙寓洞
丹崖绝谷似瑶台
向来蜀地多贤圣
占得灵山待佛来

相约乌镇

杏叶金黄炫晚秋
泽乡古韵岁悠悠
拱桥倒映千秋月
水道连绵万户楼
醉罢犹思窟窖酒
梦时难忘故乡愁
今宵相约东西栅
共枕清波南北流

泰　山

步步艰难步步高

风吹云散路迢迢

独尊五岳踞天地

山壑绵延如细涛

扬州瘦西湖

当年明月当年事
湖瘦人新几变迁
小杜诗名如钓线
一竿抛出一千年

扬州何园（二首）

一

当年官宦亦天真
起屋移山几费神
客寓名流成逸事
何园今日是何人

二

退隐江湖不退名
豪园华构比云庭
人生在世何为重
造福黎民树品行

凤凰古城

湘西自古有传闻
古韵风华意独存
吊脚楼前苗寨女
石墩桥上汉家人
沿江游舫载闲适
驳岸清吧醉梦魂
一代宗师黄永玉
边城最忆沈从文

边 城

微波细浪打渔船
古渡春风又一年
翠翠心思如柳絮
为谁妆扮为谁怜

。

登梵净山金顶

山高云雾渺
隐约露真形
前步又危厄
后瞻更悚惊
手攀粗铁链
脚踏凿云钉
今日登金顶
豪情满玉庭

梵净山

突兀奇峰映眼帘
如悬如幻怯攀岩
不知金顶有何物
月在怀中云在肩

镇远古城（三首）

一

舞阳江畔柳葱葱

扼锁滇黔要塞冲

过客匆匆寻古渡

渔翁垂钓碧波中

二

汉唐漕运宋明风

唯有江山明月恒

少女多姿拍丽照

柳萌老妪卖莲蓬

三

贴崖造屋临江渚

两岸灯笼光水舞

昔日繁华今罢除

游船载月谁为主

海边小筑

碧海蓝天相入怀
风轻日暖上楼台
浪花已化风潮去
紫燕还朝小筑来

虚丘夜月

虎踞丘林呈霸气
融融月色显神奇
一朝呼啸风云起
威镇群山鸟不啼

山　居

居幽不掩门
来鸟共天真
野旷花生蕊
山深松落针

高山崖居

云上有人家
依山傍壁崖
雨沾花瓣润
风动树声斜

第二辑 赏花悦目

福道踏青

周日踏青福道边
云轻风暖日初天
娇花争艳妆幽谷
雏鸟和鸣嬉树巅
远望群山皆耸翠
近思往日不添闲
春光明媚曾相似
再睹芳姿又一年

西湖新荷

栈道环湖信步闲
新荷初长绿田田
水光如镜照清影
根在淤泥心在天

千亩荷田

碧波万顷接云天
菡萏高擎如画船
今夜清风何处去
荷塘田野任流连

荷　花

独立栈桥边

风清心自闲

红花齐艳艳

碧叶密田田

身正无邪影

心澄有品端

今宵离别后

他日更相怜

湖边赏花

闻道西湖春色好
携妻作伴赏花忙
枝头红粉齐争艳
嫩蕾娇羞临水妆

桃花盛开

千娇百媚为谁开
如约春风款款来
西子妆前羞艳丽
貂蝉月下怯徘徊
落红曾乱唐人梦
迷渡犹宽晋客怀
今喜玉田花事好
更怜佳果誉高抬

桃花雅集

诸友古田行
观花复品茗
山前红灿灿
屋后艳盈盈
笔墨抒真性
诗词见至情
春风逢胜事
雅会似兰亭

桃花语

自古桃花称薄命
一时艳极便凋零
若遗佳果含甘味
风雨声声亦有情

不负春风

不招蜂蝶不争春
疏影横空对月魂
为报春风情义重
高枝缀秀远风尘

又见桃花

桃花灼灼映天红
疑是丹霞落满丛
今日重温风雅事
故园犹记墨香浓

桃花胜会有感

胜会桃花成美谈

人生聚散契因缘

缤纷时节须珍惜

莫使空枝对月寒

桃花林

一枝已把春光占
万顷缤纷燃欲喷
世外遥遥无问讯
渔人但记落红深

春日赏花

花落花开季节同

今年已改去年容

光阴易逝难寻觅

人世匆匆杯盏中

桂树花开

一树撑开立岸边
月中清影水中天
花香常借书香馥
蟾宫折桂几人冠

报春花

各展风华四季知
牡丹芍药报春迟
不因早艳生狂妄
得意须防失意时

梅

不合时宜不合群
争春斗艳众纷纭
若非雪白添高洁
香冷枝狂无探寻

兰

本生幽谷高寒地
却向荒园寻适宜
一缕馨香成至爱
佳人君子惜依依

竹

东坡摇曳成风景
林下诸贤方酒醒
居士门前千万杆
空山明月照清影

菊

不比妖娆不比香
异同时令异同妆
群芳占尽三春韵
我爱金风爱晓霜

千古幽兰

伊从远古来
历久更高抬
夫子幽兰曲
右军书酒才
纯心交挚友
独处见情怀
一瓣成珍品
为谁今日开

咏　柳

依依本是多情物
摇曳风中姿更娇
遥寄一枝春色去
万千心绪付窈窕

春　动

湖堤二月柳如烟

墙角桃花始盛妍

蜂蝶纷飞迷望眼

春风一度一华年

石壁窨茶

轻云薄雾为谁开
瑞草琼花相伴栽
石壁山房明月夜
香茗清盏待君来

第三辑 畅怀寄语

鸡年新春

辞旧迎新又一春
葱茏树木著年轮
艳阳高照群山瑞
秀水长流众壑祯
喜气清风拂笑脸
佳肴美酒助强身
长途奔逐为团聚
欢乐融融贤子孙

题逸兴阁书房

对坐群山批翠色

墨香常伴众花香

凌晨鸟语扰清梦

夜半书声惊月光

元宵节

又喜元宵节

春风满翠楼

疏条随意发

灯彩漫街流

喧闹思忧患

安宁有虑愁

如今勤国事

未雨早绸缪

坐高铁从京回榕

千里长途一瞬间
时空转换是何年
窗前景象闪如电
厢内归人定似禅
快捷难能尝细味
慢悠方可享清闲
匆匆过客风烟里
求异知新乐变迁

车过武夷山

武夷山里品茗香
九曲风流几度扬
因念王峰常寂寞
不知玉女在何方

春　雨

春雨潇潇春雾浓
关山不见影重重
娇花着露遮衣薄
细柳含珠摆袖笼
闲坐愁生因料峭
静听兴起为疏桐
一元复始添新意
我爱春寒胜暖冬

于山植树

种树于山上
清风入我怀
榕须呈瑞象
旭日照仙台
醉石思英烈
寿岩念俊才
如今添绿意
荫庇在将来

七 夕

一岁一宵期太长
银河云水两茫茫
如今过渡有新意
喜鹊何须搭架忙

另类七夕

彩云霁月浪滔滔
鹊桥高架亦徒劳
牛郎织女难相守
另觅新人筑爱巢

七夕之夜

牛郎独立鹊桥边
一夕成欢等一年
王母不知儿女意
悠悠流水奈何天

中秋闲吟（二首）

一

天上嫦娥闻桂香
又逢明月照高墙
旧时庭院儿时乐
思念如风鬓似霜

二

风朗秋高丹桂开
闲云散雾月初埋
婵娟善解团圆意
月在心中待客来

中秋思乡

又是团圆夜

思乡心渺茫

水中明月净

风里桂花香

重阳节

才觉白头离己早
谁知转眼已垂老
人生多少事匆匆
总把光阴当敝草

重阳登高

应是金风成硕果

无须华丽再争强

历经烟雨知霜露

一脉青山枕夕阳

白　露

高阳照玉楼

暑气几时休

忽见黄花落

江南一夜秋

春　声

绵雨连山晓雾轻
暖风渐起水微平
大鹏梦醒池鱼惧
偶落翎毛亦曜睛

独　坐

星稀空碧夜苍茫

心定神闲望远方

明月移墙留影短

梧桐滴雨数更长

吟 怀

胸存锦绣河山
笔纳风华万千
家国从来一体
心牵百姓危安

追 梦

已过风华日半偏
梦中忽现手相牵
虽无缘分结连理
却有情深忆少年

随　缘

粉蝶依随暮雨分
长留枝桠探黄昏
缘机了了空牵挂
梦里难回去岁春

春　日

为爱春光为赏风
莺飞草长看云蒸
高山垂挂千秋画
流水聆听万籁声

听 琴

室雅古琴铮
窗幽明月生
松涛听乐韵
竹影见心澄

登 山

临水登山路不通

如何穷尽境殊同

清风明月寻常景

道德文章绝世功

杂　感

世事纷纷易纠缠

干戈玉帛两重天

心无芥蒂无忧患

腹有诗书有圣贤

项 羽

铁血柔情战未休
英雄末路复何求
江东纵有好昆弟
日暮风寒汉水流

刘 备

世称玄德有贤德
实则无良亦厚颜
战乱军中妻子弃
衣裳之喻更胡言

李　白

携琴仗剑行天下
万丈豪情冲斗牛
谁解长安吟皓月
才高气傲妄方遒

苏东坡

人生反转撞乌台
多舛多磨才更才
不合时宜聊自慰
文章浩瀚难中来

王安石

历来改革险中行
奶酪重分动则倾
介甫如非生宋代
浮云遮眼见无情

年羹尧

西北登峰称战神
君臣近密似家人
功成已忘来时路
落叶秋风血色痕

西 施

浣纱出没清波里
越女沉鱼犹不知
身在吴宫春色老
花开溪畔正当时

貂　蝉

莺声响彻碧空中
拜月羞神惊艳容
本是司徒棋弈子
何从何去不由衷

王昭君

塞外风寒雁不飞
琵琶貂帽马头回
异乡异俗无伦理
梦里秭归知是谁

杨贵妃

出浴温泉香艳时
君王眼里尽呆痴
霓衣舞罢春宵短
月色沉沉空苑池

薛　涛（三首）

一

奇女才名满蜀都
更兼风彩此间无
只因情注锦江水
留得诗笺作雅书

二

未染风尘心意高
也曾任性遣边郊
才章堪用校书位
月照长空云路迢

三

爱恨纠缠不罢休
诗篇投状有名头
浣花溪畔看流水
时浊时清谁共游

宋　慈

崇雒山中寻旧踪
宋经明典得殊荣
洗冤录出惊天地
正义微言成大宗

又见京秋

京都秋夜两相忆
千里归航何急急
昔日情丝成涅槃
缘深缘浅问天意

古田横山祠堂

曾是破祠堂

村童上学忙

门前溪水绕

山后牧歌扬

学毕传师道

程初执杏坛

春风和煦里

故地再徜徉

艺术之家

居住金牛东麓坊
远山叠翠展风光
琴声墨韵添清雅
浪逐莺飞一段江

第四十四届世遗大会（二首）

一

五洲四海聚云端

共话文明线上谙

有福之州承大典

视通万里展榕颜

二

世遗花落榕城上

寰宇相连点赞多

古邑流芳逢盛世

泱泱华夏美名播

诗词之家
——为福建省诗词学会成立 30 周年而作

诗葩词苑百花开

又见东风款款来

三十功成如一日

为家为国著情怀

雨后步闽江畔

洗尽尘埃绿愈垂
闽江浪急白鹇飞
清风迎面微微润
朗气滋心渐渐归
人往人来皆过客
花开花落一轮回
累贪名利成包袱
舍得之间又有谁

钓 鱼（二首）

一

钓线垂竿鱼背篓
江南江北任逍遥
树荫底下常坚守
信念如磐不动摇

二

晨起暮归月色随
江边堤坝钓丝垂
风吹浪涌皆风景
运好运差谁可违

晚舟归来（二首）

一

羁拘异域已三年
万里长空一瞬间
依赖神州强盛气
归来挥手彩云边

二

晚舟牵动亿人心
中美纷争试此身
一己沉浮知霸逆
国之大者众之魂

平潭既留下民宿

驱车夜宿小渔村

碧浪清波入梦存

何处人生无快意

一程风雨一程春

浪　花

随波逐浪炫姿态
拍岸撞崖更肆横
绚丽转身成泡沫
回归大海作洪峰

人　生

人生难得是心宽

历尽方能滋味尝

明月移墙留影短

梧桐滴雨数更长

饮　酒

聚餐无酒便无聊
酒滥伤身不可骄
小饮怡情添气氛
几回融洽几回飘

拜　年

又是一年辞岁时
春回大地发新枝
福星垂顾平安宅
善念常怀天地知

感　悟

花甲不知已近临
心犹豪迈忘光阴
春花秋月眼前过
腹有诗书贯古今

自　嘲

少时穷困少生机

籍籍无名无所依

欲学鹇鹏张羽翼

不肖田鼠恋沟泥

诗书充腹光华在

名利着身本性离

胸纳千川无欲壑

峰高坐看白云低

无 题

已知春雨洒江东
又见杏花几度红
昨夜浓情成缱绻
今朝薄幸已朦胧
巫山明媚无云雨
柳下虚怀忘面容
离合悲欢千古事
人生际遇在途中

聚 会

咫尺天涯不足奇
时空缩近却心离
亲朋相聚悄无语
尽是低头刷手机

平 台

人生际遇几回有
善用平台不可荒
月落池塘光窘迫
鹏飞高宇翼张扬

知　足

人生可贵在知足
各涉长河数十年
恋位贪权因欲壑
识时放下是明贤

四 月

正是人间四月天
花开锦绣柳如烟
榕城醉在春风里
日暖沙清雏鸟闲

万安桥失火

风雨廊桥九百年
行人过往竟流连
不堪孽火无情物
流水悲鸣山黯然

观枯燥讲座

枯坐无聊东忽西
手机翻阅把头低
不知讲者多沉浸
听众心随快马蹄

竹雕笔筒

有根底蕴深

高节世知闻

容大吞山岳

虚怀似有神

第四辑

诗心互映

赠井冈山同学

辞别井冈已数天
山河锦绣在心间
挑粮道上汗如雨
英烈陵前泪似潸
课舍交流谈见识
天街散步看云烟
同窗虽短情长在
期冀重逢话结缘

题陆君访花

故地春阳里
桃花始盛开
陆君何独立
因有旧情怀

赠余兄

江湖再大无心大
乡下少年朝气高
险地图存凭武略
巨商拓展靠文韬
知根知底知风雨
相辅相成相涌潮
回想从前柴担路
横刀立马笑英豪

戏赠陈兄

手捧诗书似用功
目光都在探花丛
云蒸风月一时景
几度回眸在梦中

赠张君

慧聪来自状元乡

演技天成风肆扬

大腹皆因才学满

山歌唱响绕房梁

赠烽兄

凤坂山林生凤子
先拙后秀用心求
品行方正思周密
棋局成形落子纠

赠林兄

乡间风雨有谁知
弱小长嫌强大迟
精算勤思因本性
功成不忘少年时

赠高兄

散淡人生自在闲
朋情友义重于天
当年霹雳舞姿酷
故作高深把手牵

赠 Rose

静水流深江月清
天风环佩雨中听
幽兰入室添馨雅
凤引山中百鸟鸣

赠廖君赴京

外弱内刚有义心
柔姿负重自辛勤
长兄尽瘁施恩德
庇佑如莲皆善因

访画友不遇

春阳过午树幽幽
挹翠园中自在游
临近友人期读画
扣门未启墨香泅

临行赠德良兄

正是春风勃发时
三杯美酒宴相知
武夷相约论茗品
更有情怀更有诗

过黄山思故人

昔日黄山顶上游
孤峰危壑伴云流
本因治皖有功绩
岂料理甘无善求
落暮秋风嗟晚景
寒窗冷雨添忧愁
人生如戏收场早
几度春风几度秋

首都机场访老友

电闪雷鸣小暑天
停机数百起航难
揆违故友庄园近
何不重温契阔谈
人在江湖难预测
事逢窘迫易忧烦
交情何用成天见
一盏清茗知暖寒

赠 L 君赴新任

练就一身秀
怡然卓不群
德优堪大用
才著善调均
兼作孝家女
备勤不负君

送S君赴新任

屏山回望几欣然
家国情怀肩上担
仰望星空鸿志远
栉风沐雨刺桐湾

和林志强兄《双龙互勉》

学府勤耕数十年
书山籍海浩如烟
昔时童子成名士
今日大家比乐天
珠浦溪边多故事
长安山上几婵娟
诗词常忆乡间趣
襟阔无尘已了然

附：

双龙互勉
林志强

石壁山村一少年
听风赏雨画云烟
岂甘蛙叫闻三里
欲学鹏飞上九天
论政雄雄思社稷
歌诗款款念婵娟
西流河水归东海
破阻冲关势必然

次韵林志强《珠洋新貌》

千年古邑有珠洋
福地安居乐未央
日月双呈藏秀气
山川一揽得和祥
春秋胜景风华茂
文武高贤祖德长
红酒炒糕滑肉味
天南地北忆家乡

附：

珠洋新貌
林志强

壬寅贺岁话珠洋
地覆天翻乐未央
日月湖中生锦绣
明珠桥上集祯祥
登高可望山河美
眺远应知气韵长
巨变沧桑缘众力
情深一往是家乡

和许立满兄《丹桂飘香》

躬逢盛世著华章
万丈豪情洒墨香
文脉花香相映趣
和风润雨宴芬芳

附：

丹桂飘香
许立满

孙贤子孝好文章
一树花开万世香
老干新枝多茂盛
全凭祖泽永留芳

赠友人

曾经出水艳娇容

但错佳期心落空

秋月春风三十载

喟然留忆一惊鸿

第五辑 抗疫风雨

庚子春节

终日空空不胜愁
览书读帖复何求
公园寂寞鸟声噪
商铺萧条人迹休
斗室常思天地畅
小屏暂作古今游
春风万里穿南北
抗疫风烟遍九州

抗击毒魔

灾难面前谁与共

齐心聚力克时艰

一声令下空喧巷

众志成城断毒源

四海白衣驰武汉

五洲侨领寄然安

煌煌烈日扫阴晦

冬去春妍举国欢

庚子岁初鄂大疫

三江通九州

荆楚满忧愁

雪落神农架

霾遮黄鹤楼

救生弘忍法

尽瘁屈原谋

灾难知人事

时艰靠众筹

心牵武汉（二首）

一

终日惶惶未忘忧
疫情轻重挂心头
神思难聚行猿马
又见晴川黄鹤楼

二

悲风吹过大荆楚
千万黎民蒙疫苦
家国情怀天下心
几回泪洒汉阳树

情注宜昌（二首）

一

荆楚疫情牵动深
宜昌遭遇夜沉沉
逆行天使英雄气
勇毅前行如战神

二

精兵强将上宜昌
保障源源有后方
祖国河山风雨共
临危受命看担当

庚子春居家防疫

久居情绪多

养性可消磨

无意翻陈册

有心看直播

坦途遭倾辙

杯水起风波

灾祸无常态

慎微自可挪

疫袭三坊七巷（二首）

一

昔日繁华不见踪
半开铺面半愁容
游人稀少灯笼暗
落叶春风夜色浓

二

坊街空旷夜稀疏
市井人声恍若无
月色高清天际阔
女墙枝影问何如

欣闻病毒清零

毒魔肆虐数天长
忽报清零喜欲狂
灵鸟欢呼千树暖
艳阳高照万家忙
指挥若定解危困
赴险如归救病伤
国难当头谁决胜
中华自古有脊梁

再抗疫情

疫情肆虐两三年
锦绣江山何等闲
口罩常遮真面目
网端重创泛谣言
神州朗朗安居日
异域惶惶离恨天
侨旅思乡怀抱远
春光无限爱绵绵

抗疫赞歌

抗疫三年犹未销
商家旺铺静悄悄
核酸勤测阴阳判
口罩常遮脸面潮
相聚难知携毒者
造谣易见惑人妖
春风浩荡乾坤定
盛世长歌今日骄

癸卯毒消

春回大地物华新
病毒风消甘露临
帷幕拉开心透亮
山河壮丽看如今

第六辑

家国情怀

建党百年

百年回望路迢迢
万里河山红色标
拯救危亡成砥柱
谋求昌盛忘功劳
征途卓绝鬼神泣
贫困消除日月昭
文景康乾何足道
复兴伟业领风骚

观七十年国庆阅兵

砥砺前行七十年
履风踏浪步维艰
民贫国弱思良策
外患内忧谋巨篇
万里长城昔日壮
千秋大梦今朝圆
三军浩荡谁能敌
我为中华热泪潸

上海"一大"会址

风雨飘摇夜色浓
东方何在问苍穹
匆匆步履寻薪火
漫漫征途建圣功
黄浦江波开浩荡
李家厅室响洪钟
十三求索几人至
坚守初心方始终

庆贺《党的生活》创刊 30 周年

三十年来担使命
党刊姓党守初心
文章锦绣通中外
家国情怀贯古今
笔底风云歌盛世
胸中血脉颂黎民
故园昔日耕耘者
为报良辰再赋新

不忘初心
——福建省委党校学习有感

两月同窗缘份深
晨风夕照共时温
课堂研讨话经典
寝室交流论本根
邹鲁仁声传道义
古田红色长精神
学成奉献新时代
不忘初心报党恩

西柏坡

身居山里怀天下
举笔弹烟筹划忙
战报频传知胜负
乾坤初定见曦光

《求是》下党调研

雪满青山风凛冽

修心何惧险难行

远途不忘来时路

千古廊桥千古情

《求是》雪中行

大雪满群山

车行九岭前

天寒心炽热

地远路延绵

弱鸟冲霄汉

小舟越巨澜

功成三十载

百姓笑开颜

松毛岭之战

山下投名山上征
明知绝境不贪生
松毛落叶染红色
一战萧萧万古风

伯公凹

匆匆跋涉为谁忙
身负千钧脚步长
血雨腥风穿夜色
伯公凹上探晨光

井冈山

景仰井冈曾数年
如今愿遂更心虔
青峰翠竹埋英骨
红米金瓜度困难
八角楼中燃火种
黄洋界上起硝烟
寻根圣地传承者
血脉长赓报往贤

茅坪八角楼

一束灯光几度秋
茅坪未雨早绸缪
伟人风范今犹在
翠竹清风八角楼

黄洋界

今上黄洋界
群山耸翠屏
硝烟弥旧夜
险隘阅新晴
一炮成经典
千年得盛名
时艰谁与共
众志定输赢

挑粮小道

林密山高路陡斜
朱毛负重上云崖
如今步入挑粮道
赓续初心气自华

第七辑 词意芬芳

沁园春·百年风华

烟雨南湖,
星火红船,
破晓东方。
井冈燃火炬,
闽西照亮,
冲锋斩浪,
浴血荣光。
遵义关山,
延安窑洞,
西柏坡雄视战场。
初心在,
为民无所惧,
情满三江。

神州再造辉煌。

旭升日，

光芒向远航。

夺鲲鹏之志，

何曾万里，

长空瀚海，

凭我翱翔。

丝路迢迢，

寰球一体，

共享和平须自强。

看华夏，

创复兴伟业，

虎跃龙骧。

千秋岁·赴下党乡

山高路障。
行走阶阶跄。
青藤蔓,
荆条挡,
毛巾披汗雨,
草帽遮炎浪。
寻计策,
为民为国胸怀广。

峰谷廊桥上。
面众谈希望。
意关切,
情难忘,
草汤消暑渴,

绿豆添清爽。

人传颂，

千山万壑齐回荡。

千秋岁·又见鸾峰桥

水清云淡,
灯火流溪岸。
民宿旺,
星光灿,
品茗谈往事,
煮酒抒怀感。
沧桑变,
脱贫致富生温暖。

打卡网红点,
味道农家店。
四方客,
常更换,
廊桥新岁月,

深壑无昏旦。
开峰会，
视通万里全球见。

水龙吟·万里长城

龙盘虎踞千山上，
独揽众星孤月。
秦砖汉筑，
唐风宋韵，
大明宫阙。
万里苍茫，
西南东北，
古今穿越。
望海浪滔滔，
黄沙漫漫，
狼烟起，
昆仑缺。

纵有坚墙高堞。

失人心，

形同虚设。

民艰国弱，

山河破碎，

残阳如血。

盛世长歌，

雄风浩荡，

云壤相接。

任征程浪急，

扬帆寻梦，

鸢飞鱼跃。

永遇乐·镇江北固山

极目江天,
长风万里,
身在高处。
花草吴宫,
衣冠晋殿,
闲话说甘露。
韶华易逝,
千年很短,
梦里春风几度。
斜阳里,
渔舟披彩,
粼粼浪轻汀渚。

文人骚客,
唐诗宋韵,
翻阅此山无数。
羁旅王湾,
悲鸣弃疾,
心意凭谁诉。
一同山水,
不同心况,
又是乡关日暮。
几多时,
英雄何在,
芳郊碧树。

踏莎行·相约

美酒微醺，
兰心承露。
今宵相约登高处。
几回凝望见无人，
狂风吹起层层雾。

室雅琴幽，
茶香蕙炷。
时光总被分分误。
谁知梦里得相逢，
梧桐细雨声声诉。

小重山·古寨秋风

古寨秋风夜色寒。
云生山耸翠,
水潺潺。
青红土酒醉绵绵。
农家屋,
曾是旧华年。

长恨已无缘。
悄声听软语,
忆从前。
常将此念驻心田。
玲珑月,
顾影为谁怜。

鹊桥仙·送别

无言凝睇，
含情饯别，
对坐秋风萧瑟，
一杯浓酒手相牵，
怎又是，
落花时节。

温声软语，
不堪悱恻。
此去风尘高铁。
窗前纵有景千般，
只见得，
云分月缺。

桃源忆故人·春思

桃花带雨一枝俏,
欲寄春风谁晓。
心事无端渺渺,
说罢还难了。

今年树下欢声笑,
不见依人小鸟。
满地茵茵小草,
尽是招人恼。

浪淘沙·寂寞闽江

冬日照江流,
金烁寒潮。
岸边风动叶萧萧,
美景无边空寂寞,
独钓波涛。

飞鸟任逍遥,
独领风骚。
胸中纵有浪滔滔,
不见伊人心怅惘,
萧瑟枯蒿。

临江仙·闽江秋

秋日阳光江水,
高楼碧树清风,
凭栏远望影层层。
一帆耕浪者,
两岸钓鱼翁。

源发高山深处,
流经峡谷边城,
一心归海勇奔腾。
静听芦苇响,
闲看白云生。

采桑子·登临江楼

临江楼小声名大,
放眼春风。
满面春风。
近水远山锦绣呈。

当年少驻思谋远,
踏上征程。
傲视征程。
天下英雄谁敢争。

如梦令·蜀南竹海

竹海林荫小径,
细雨升腾云雾,
今夜向何方,
山影苍茫垂幕。
饥辘,
饥辘,
投宿河流深处。

天净沙·心境

黄昏滴雨蕉声，
清茶薄酒孤灯。
不管霜寒露冷，
花开花落，
我心依旧春风。

天净沙·古渡

小船古渡榕荫,
江风孤月波心,
酒肆缤纷豪饮。
时光行进,
繁华转眼浮云。

破阵子

——为钟兆云先生传记创作三十年而作

枝叶窗前摇曳,
书房夜静灯明。
览阅案头心慰藉,
传记文章久盛名,
岂能负此生。

三十年来跋涉,
纵横史海逞英。
著作等身凭正道,
浓酒醇茶对晓风,
月华满地清。

附录
石壁头记

爱山者，以山为傲。珠洋之北，有山曰"石壁头"，突兀于众山之上，直耸云天，乃当地之名山也。其形宛若笔架，三峰相连，起伏有状；又若卧狮雄踞天地之间，气象万千，蔚为壮观。

自古名山多传说。相传某朝之左右丞相，皆聪颖过人，甚得圣意。一日，皇帝问左丞相，爱卿何处所生，答曰，臣乃天子门生，天所生也，帝颔首不语；又问右丞相，爱卿生于何处，答曰，臣乃天子臣民，地所生也，皇帝略有所思，又问，爱卿可否画家乡山川地形一观。天命难违，右丞相随即画一幅家乡卧狮图。帝观之，此狮活灵活现，威猛无比，大为惊骇，遂提起御笔，于狮眼处点画。不料御笔有神，墨水流淌时，石壁头山崩地裂，巨石泥沙俱下，遂留下一条大坑。因坑旁有一石曰"纱帽石"，故此坑名唤"纱帽石坑"。此乃家乡世代口口相传之故事也。余曾到山下，但见满地巨石，大如房屋，小如帐篷，皆山崖崩塌遗落所致。又曾听乡人云，石壁头顶曾有神仙光顾，留下诸多仙人遗迹，如仙人脚印，仙人耕耘之犁耙痕迹，仙人坐骑青牛、梅花鹿蹄印等。无奈山上崎岖难走，心向往之，只能望山兴叹。

俗语曰"靠山吃山，靠水吃水"。千百年来，石壁头因其物产丰富，养育乡民，使其免受饥馑，乃乡民心中之神山也。春天，杜鹃映红，翠竹摇曳，春笋勃发，生机盎然；夏日，骄阳似火，林中阴翳，山风习习，暑气顿消；秋时，金风送爽，硕果挂枝，天空明净，野花飘香；冬至，雪枝霜叶，冰凌晶莹，云雾缭绕，如梦如幻。此石壁头四时之景也。

沿山修路，直抵山顶，八面来风，独览众山，山登高处我为峰，乃乡民千秋之梦想也。沧海桑田，岁月蒙尘，或王朝兴盛，民得其所；或战乱连年，民不聊生，皆往矣。今躬逢盛世，国泰民安，民族复兴在望，人民获得满满。受益于国家乡村振兴之战略实施，村民梦想成真，终修成青石板登山道约四里，沿途两旁种植不同花卉，四季分明，争奇斗艳，赏心悦目；路旁摩崖刻上各体之"福"字及福字成语，寄寓"进山寻福，得福而归"之意；为便游人休憩，沿途建有"聊一寮""大圣殿""御风阁""凌云亭"四座亭阁，既可观景，亦可歇息，既可静坐，亦可品茗，既可赏云，亦可长啸，去一身疲惫，揽两袖清风。

癸卯新春，乡民笑容可掬，喜形于色，扶老携幼，呼朋引伴，以先登石壁头为一快。远者慕名而来，邻者近水楼台，三五成群，熙熙攘攘，或拍照片，或发视频，笑语盈盈，其乐融融。沿途有故垒野径，茂林修竹，松针厚积，怪石嶙峋，野趣横生。松鼠跳跃树间，野花绽放林下，空气散发芬芳，山鸟自由翱翔。登临山顶，极目远眺，众山延绵，苍苍茫茫；晨曦夕照，云岚霞光，因季节、时段不同而变幻无穷。四周空旷，风急云诡，如置空中，如得仙气，舒心畅怀，神清气爽，此乃登临之快意也。

少时，长辈尝告诫曰："山有山神，树有树神，不可造次，不敢得罪也。"此乃乡民朴素之生态观，即敬畏自然，与之和谐共生。此念深植，代代相传，约定成俗，已成定律。故，山川得以保护，生态得以平衡。石壁头与珠洋村生生相息，共生共存，相得益彰，山因人而成其名，人因山而得其灵。而今青山耸翠，竹林引月，松涛和韵，石径通幽，好风入怀，宜乎快哉！鸟飞鸣而不倦，蝉长噪以尤欢，捡野果于北陂，采蘑菇之南坡，麋鹿不惊，猕猴献技，山高云淡，林深雾薄；情贯古今，神游物外，常思己之过，长念人之惠，心灵清澈，日月清朗，此乃乡民敬山、爱山、护山、养山之回馈也。

眼前好景莫错过，人生快意有几回。愿携一壶酽茶，偷半日时光，与君结伴而行，且行且驻，且观且赏，且笑且乐，领略山之美、林之美、石之美、思之美、爱之美也。

（原载2023年4月7日《福建日报》）

跋

古田珠洋有一古厝,人称"墙里",乃高墙大户之家,此吾出生之地也。古厝建于清初,至今已近三百年。初建之时,三幢迭连,雕梁画栋,蔚为壮观。门前一丘灯火田,以其收成作为子孙读书之资。正对门有小溪自东向西潺潺流过,溪边种有桂树一株,中秋时节,金风送爽,清香远播。其间透出书香文韵,影响乡村世代子孙。

余少时,闻村里前辈云,民国七年,因政府无能,劫匪四起,全村房屋尽焚,唯有两幢古厝因有高墙防护,幸免于难,其中之一即吾家古厝。旧时,古厝族人虽度日艰难,但崇文重学、耕读传家之风始终未改。余祖父亦一乡间风骨文人,日本侵华之时,曾编打油诗,痛骂之,亦一快事也。后因岁月更替,时局演变,家道中落,古厝亦随之颓败。"文革"之时,厝中"文魁""武魁"之匾遭歹人掠劫,珍贵文物荡然无存。再后,族人迁出,古厝空置,年久失修,破败不堪,只存门厅一幢。有人想拆而卖之,余母声威并重,怒而止之,方得留存。

近年,得益于国家对古建筑、文物保护,古厝得以修缮,焕然一新,取名"石壁山房",似又回到鼎盛之时。余曾作《古厝重光》,诗曰:"古厝重光壬寅年,春风化雨祖荫连。耕田耘地传家训,种学绩文垂世篇。胸有乾坤心有志,山藏气象水藏源。昔称墙里桂香馥,犹忆门前灯火田。"又曰:"家国情怀传万代,文章风骨越千年。"(《风雅珠洋》)壬寅初夏,福建省文联、省乡村振兴研究会于古厝举办"乡村振兴、文化赋能"书法作品陈列展,近百幅省内外书法名家作品展列其间,龙翔飞鸾,老树枯藤,品位高尚,赏心悦目。古厝既承载历史时光,亦展示文脉底蕴,回归本位,令人在观赏中熏染墨香文气。

余曾窘于穷乡僻壤,感于先辈谋生之艰难,常思走出山乡，走向广阔天地，把耕读传家化为家国情怀，以个人勤勉，为国出力。故工作四十余载，始终心怀"国之大者"，工作之余，点滴感悟，用诗词形式记录时代，抒写盛况。"躬逢盛世著华章，万丈豪情洒墨香"（《和许立满兄〈丹桂飘香〉》）；"家国从来一体，心牵百姓危安"（《吟怀》）。疫情肆虐之时，武汉受灾，人民蒙难，"家国情怀天下心，几回泪洒汉阳树"（《心牵武汉》）；抗疫三年，共克时艰，共渡难关，终成胜局，乃国家强大、人民伟大之故也，余甚幸之，诗曰："国难当头谁决胜，中华自古有脊梁"（《欣闻病毒清零》）；"春风浩荡乾坤定，盛世长歌今日骄"（《抗疫赞歌》）。其间恰逢建党百年大庆，遂有"百年回望路迢迢，万里河山红色标"（《建党百年》）、"三军浩荡谁能敌，我为中华热泪潸"（《观七十年国庆阅兵》）、"学成奉献新时代，不忘初心报党恩"（《不忘初心》）、"文章锦绣通中外，家国情怀贯古今"（《庆贺〈党的生活〉创刊30周年》）等诗句，又有"看华夏，创复兴伟业，虎跃龙骧"（《沁园春·百年风华》)、"任征程浪急,扬帆寻梦,鸢飞鱼跃"(《水龙吟·万里长城》)等词句。集子中关乎家国情怀的诗句,所在多有,此乃生逢其时,真切体悟、真情流露、真心表达,以履心路、以明心志也。时代是创作之父,生活是创作之母,盛世华年,朝气蓬勃,气象万千,可感可慨、可歌可泣、可记可录之事甚多,只恨余思维不敏、才情不逮、笔力不足也。

志强兄在序中云"提升思想高度和人生品位",此乃吾之所愿也。余曾于网上浏览梵净山,曰"天空之城",世遗之地,奇绝之景,心向往之。去年假日,携好友数人前往,抵达之时,见其陡如天梯,其险无比,令人发怵,有人望而怯步,有人半途而废。余思,古人尚能于万仞绝壁之上修桥建寺,余登临不成,岂不愧哉!故冒寒风细雨,手足并用,战战兢兢,攀爬而上。登临红云金顶,环顾四周,如置空中,群山皆小,房舍低伏;极目远眺,江山壮丽,风景独好。"今日登金顶,豪情满玉庭"(《登梵净山金顶》),"不知金顶有何物,月在怀中云在肩"(《梵净山》)即因此而出。人生如登高,思想须攀爬;艺术如品茗,甘厚为上品。只有不畏艰险,坚定信念,脚踏实地,心无旁骛,及常人之所不及,达常人之所不达,方有思想高度、独特风景、人生品位、艺术境界,方能逸兴遄飞,遨游太虚。

是为跋。

作 者

于癸卯年阳春三月